청어詩人選 223

자연의 들러리로 살고 싶다

곽구비

제4시집

도서출판 청어

자연의 들러리로 살고 싶다

곽구비 지음

발 행 처 · 도서출판 청어
발 행 인 · 이영철
영　 업 · 이동호
홍　 보 · 천성래
기　 획 · 남기환
편　 집 · 방세화
디 자 인 · 이수빈 | 김영은
제작이사 · 공병한
인　 쇄 · 두리터

등　 록 · 1999년 5월 3일
(제1999-000063호)

1판 1쇄 발행 · 2020년 2월 20일

주소 · 서울특별시 서초구 남부순환로 364길 8-15 동일빌딩 2층
대표전화 · 02-586-0477
팩시밀리 · 0303-0942-0478

홈페이지 · www.chungeobook.com
E-mail · ppi20@hanmail.net
ISBN · 979-11-5860-739-5(03810)

이 도서의 국립중앙도서관 출판시도서목록(CIP)은 서지정보유통지원시스템 홈페이지(http://seoji.nl.go.kr)와 국가자료공동목록시스템(http://www.nl.go.kr/kolisnet)에서 이용하실 수 있습니다.(CIP제어번호: CIP2020004215)

자연의 들러리로
살고 싶다

곽구비 제4시집

추천의 말

툭툭 차창을 보고 있는
동행인에게 말을 던지듯
시의 말을 던지는 시인이 곽구비 시인이다

언어의 조탁이나 꼼꼼한 세공보다는
데면데면 말을 건네는 그 말 속에
때로는 철학이 담겨있고 때로는 진정성이
느껴진다

마음을 터놓을 수 있는 사람에게는
친구가 될 수 있지만 그렇지 않은
사람에게는 꽤 쌀쌀맞은 투명한 시인이다

시도 그렇다 읽으면 읽을수록
감칠맛이 나는 게 곽구비 시의 진미다

굽이굽이 걸어 들어갈수록 향기가
숲 같은 시라고 할 수 있겠다

– 이승하 시인(중앙대학교 교수)

시인의 말
–4집을 엮으면서

읽으면 풀썩하고 명랑해지는
가벼운 말로 노래하듯
읽으면 까르르 해지는 맑은 시를
집에 놓고 싶었습니다

내 가슴에 쌓인 모든 시간들의
감정을 주관적 언어로 꺼내 쓰다가

자연을 바라보고 자연에서 찾은
흐름들을 가슴에 들이고 나자
객관적인 자세로 쓰여지더군요

하여 모든 감정이 가벼워졌음을 느꼈습니다

가벼움이 무거움보다 소탈하여
쉽게 행복해진다는 경험을 한 셈이죠

세계로 둘러보고 와서
우리강산의 많은 곳을 찾아다녔습니다
역시 우리는 자연의 들러리로 살아야
맞지 자연을 파헤치고 맞서면 안 된다는
생각이었습니다

시인이 넘치는 세상이어도
시가 사람 앞에 읍소하는 일 없기를 바랬으며
시 정신은 올바로 새기며 쓰고 싶어합니다

내가 가지고 있는 언어를 꺼내 쓸 때의 짜릿함
소진 할 때 까지 행복하게 쓰고 싶은
시에 대한 나의 자세엔 변함없을 것입니다

누군가 단 한사람의 공감만 있어도
그 시는 만족이란 생각하며

글 한 토막에 가슴 설레는 사람들이
읽었으면 합니다

차례

2부 안녕 봄날에 수다와 친구들

3부 봉숭아 꽃물 들이며

4부 가을과 나

5부 정리

1부

고드름처럼

일상의 긴 안부

우리의 때가 지났다고 생각했기에
그 후로 내가 쓴 편지는 수천 장 가슴에
머물도록 두었습니다

가깝던 거리가 멀어져 버린 사이
어디 우리뿐이던가 말이죠
쓸쓸함 한 줄만 노트 속에 끼어들어도
아픈 저녁이 간혹 있었습니다

그립다는 말조차도 우물거리다
삼킨 기억들이 담쟁이처럼 감겨든
시간도 나쁘지는 않았습니다

내면이 들끓어 몸부림칠 때면
길가에 새롭게 핀 꽃 이름 벅차게 외우고
저문 시간이 남거든 콧노래 흥얼거리며
만족스럽게 살아내는 지혜도 생겨났습니다

계절이 알아서 사계의 옷을
갈아입을 때 슬쩍슬쩍 우울했지만 뭐
남들만큼은 아니었다고 장담합니다

이제 갈수록 겨울은 모질고 힘들더니
주름으로 눈가를 칠해놓아
칙칙한 아침을 여러 번 맞았고
이제 와 그것마저 나의 시가 되어 행복합니다

포구에 갔었제

닻을 내리고 묶인 배의 몸부림을
보고 싶은 건 아니었어

그렇다고
저 선술집 안에 막걸리 들이키며 얼굴 검은
어부가 궁금한 것도 아녔제

내가 들여다봐야 할 것들은 많았응께

그때 말이여 자비 없이 손님 입맛대로
회감으로 올려지는 줄 모르고
볼모로 잡힌 물고기 중 유독 뽐내는 넘에게
눈길이 가드라구

저 미끈한 방어가 오늘의 방어 능력이 최고가
될 진 흥미진진했거등

어쩌다 오밤중까지 거들먹거리던
몸집 작은 오징어시키 결국 단골손님에게
덤으로 앵기는 것까지 다 봐부렀어

오메 다들 징하게 힘들게 살고 있드라구
나도 인자 엄살 같은 거 안 할 생각이여

먼저 잡혀나간 자리에 거품을 삼키며
새로 들어온 도다리
뻴쭘하게 헤엄치는 것 좀 보소

사는 일은 너 나 할 것 없어
눈치로도 버텨야 했것제

아따 참말로 항구도 춥드만 살아 돌아와도
별 수 없이 죽어 나가드랑께

바다가 좋았을 것이라고 산자들은
밤새 벌벌 거품을 물었을 것이여

겨울이면

함박눈이 온 세상 가득 채운 날에
마음에 들어찼던 당신의 모든 것을
와르르 쏟아 버릴 생각으로 나섰습니다

봄처럼 유순하게 미소 지어 주심에
살짝 기울었던 내 심장에 매화꽃이
피어난 봄과

시가 되어 하늘거리는
남이섬 은행나무의 여름과

바람처럼 살랑거린 말 내 귀가에
이쁘다 해주던 가을

분홍빛이 얼고 차갑게 변해버린
당신 같아 한 움큼의 눈을 집어
멀리 던지기를 합니다

숭고함

왼손이 몰래 하는 일이라며 감추는 것보다
작은 씨앗 하나씩 퍼트려 좋은 에너지를
주고받은 온기 진정한 사랑이었다

걷지 못하는 할머니의 몸을
닦아주고 일주일치 찬거리를 냉장고에
두고 오면 마음에 꽃 하나 새로 피었고

돌아 나오던 모퉁이 틈 버린 연탄재는 지난밤
할머니를 지켜낸 파수꾼의 교대 근무처럼
꽃 한 송이 피어 향기를 전하는 것 같았다

부산 자갈치 시장

물살 가르며 파도와 치러낸 전쟁은
뼛골마다 들쑤신 바람까지 안고
제철 생선들 팔딱거린 마지막 숨이다

여명의 깃 파고든 햇불로 씻어낸 새벽
만선이던 어부의 눈빛은 더 총총히 살아
경매대열을 눈치 빠르게 더듬어 나오고

중천에 떠오른 젖은 햇살 한 가닥 내려
궤짝에 얽힌 비릿함에 자비로운 미소 보내면
본격적인 소매상 손님들이 기웃거린다

파도를 쪼개 놓은 바다가 들어앉은 풍경
철썩철썩 끝날 줄 모르는 도마질로
거둬들인 돈다발이 차례로 쪽잠을 잔다

포기의 잘 쓰임 보고서

포기는 뱃전에서 하라고 전어에게
배추가 훈계를 하던 가을이 지나자
할 수 없이 지 포기를 내놓는 배추다

제법 비싼 값에 그 포기의 단단함으로
흥정이 시작되는 농수산물 시장에서
무우랑 잘 나가더라며 치솟는 인기 탓에

들여놓는 날 일단 간수에 담가 건방 끼를
길들여 놓고도 몇 번씩 살펴야 했다
행여 살아나 풋내로 설쳐 댈까 하고

양념으로 조심히 어루만지던 손길에
모양을 내고 겨우내 대접받게 했으니
무엇보다 이 포기는 결국 김장으로
이름값 했다고 쓰고 있다

지리산 연가

가슴에 머물러 어머니 산이라
했다던가

삼대 째 내리 적선한 사람만
가 볼 수 있다고 아무나 오지 말라던
이원규 시인님 말씀 듣기 전부터
양심도 없이 드나들던 나의 산이었지

반야봉 꼭대기에서 휴일마다 청춘을
설계하던 학창시절 다 펼치지 못한 꿈
접어버린 채 산다며
독백하는데 망막이 흐려졌네

나날이 변덕스러워진 마음
다스리고자 올라섰으니

통천문을 통과하면
잡다한 얘기는 이제 연연하지 말고
초연하게 살 것 같아서

한동안 미웠던 누구누구
놓아주고 내려왔더니
세상 빛이 환해져 보이지 않던
기슭에 수줍은 야생화 얼굴 쓰다듬었네

이별도 수정할 수 있나요

산모퉁이 돌아 다시 온 메아리
핑크뮬리 곁으로 숨어들더니
분홍빛 바람으로 출렁거렸지요

본능적으로 달그락거려진 마음
이별을 곱씹기 시작할까 봐
아름다운 서정시로 반기를 들었지요

그때의 주파수에 심장을 맞추고
떨림 음 한마디 달싹거리면서 말이죠
잘 계신 거지요 나는 잘 있어요
바꿔 썼더니 따스한 계절이 되어가네요

낙산사 겨울 바다

파도가 씻겨낸 여름의 발자국이나
쓸쓸하던 몸짓의 가을 그림자까지
바람이 휩쓸어 갔는지 흔적 하나 없었다

언제 와도 그리웠다고 철썩거리기에
초겨울 귤처럼 말랑한 미소로
파도를 따라 까르르 소리 질러본다

삶에서 놓여나 치유하는 알약 한 알
삼킨 들뜬 마음으로 한참을 머물 때
입동을 등에 업은 하루가 빠르게 어두웠다

무거운 산책

그림자가 염려하며 따라온
따스한 겨울의 정오
마음을 겨누고 있던 몇 가지
골똘한 생각에 걷기로 한다

한 발 딛으며 정의를 사수할까
한 발 딛으며 친구의 입장을 이해할까
니가 말하지 않아도 스스로
벌 받게 내버려 두라던 말을 택할까

고드름처럼

마냥 흐르는 것을 잠시 멈추고 싶은 날 있지

그리 깊은 생각 같은 건 흘려버려도 좋아
한가지쯤으로 중심을 붙잡아도 끄떡없어
햇빛만 닿아도 금세 사그라질 운명
견딜 만큼만 있어도 만족해
가끔 거꾸로 매달려 생각을 뒤집고 싶었어

추위가 햇빛을 탐내면 이 경우엔
수증기로 증발된다는 경고도 있었어
망연히 흐르다 괜히 역정이 나겠지

추녀 끝이 버거워 못 견디겠으면
확 누그려 트리면 무너지기 쉬웠어도
그냥 거꾸로 매달려 서 있고 싶었어

겨울 동백꽃 같던

가을꽃들 다 보내고 저 홀로
화려하고자 그랬던 건 아니겠지
허허로움으로 배를 채우고도
곱디 고운 저 화려함 속 순결한 색채

그런 네가 요즘 좋다

담배 값도 없어 보이드만
에스프레소에 더 진하게 샷 추가
유유자적한 교만함 뒤에
무언가 감춰진 지식의 비밀 같은 멋

그때 나는 그런 네가 더 좋았다

반가운 소식은

몇 닢 남은 가지에 발을 헛디딘
바람이 내게로 직진하며
이마를 살짝 짚고 달아나도
기분 좋은 미소를 짓게 돼요

햇빛을 탐내며 첨벙거린
저 아래 작은 물고기들 소리까지
오후 2시의 공지천 풍경 한 장
가슴으로 옮겨놓게 합니다

메리 크리스마스

종소리 울리면 딴 세상이
되는 줄 알았다니까

착한 일 하고도 선물은 없었고
우리 마을에 몇 집만 다녀간
산타가 미워서 종일 눈물이 났어

몇 해 지나고 산타를 알았지
내가 산타가 되어도 좋겠던 걸

이 땅에 모든 이들이 축복받았으면 해

2부

안녕 봄날에 수다와 친구들

사랑을 잃었던 순이의 봄

계절을 온몸으로 끌어안고 혼자
울었다며 퉁퉁 부은 눈으로 왔을 때
수평선에 잠긴 고독한 오후가
팬지꽃 등에 달라붙어 힘들었지
사랑에 속아보면 더 이상 희망이 없어
눈물은 사치라던 말하고 마신 술병이
앙칼지게 구르던 그 봄이 다시 오고
고개 내민 팬지꽃에서 슬픔이 묻어난다 해서
순이야 꽃에게서 봄만 들여다보자 했지

자연의 들러리로 살고 싶다

중년까지 끌고 온 삶에 목을 축이고 숨을
고르자 옅은 바람이 일어나 흔들리고
그 흔들림이 알맞은 봄이다

사람 일은 신경 쓰지 말자고 생각한 나이
자연의 변화에 예민하게 반응하면서부터
사는 일에선 여유로워진다

어둠이 찔레꽃 가시를 넘었거나
탱자 가시에 찔리지 않고 월담한
달님이라든지 엉뚱한 글쓰기를 위해서다

한 주먹씩 노을을 삼키다 토해 낸 구름의
장난으로 조금씩 해가 길어진다

재밌는 말을 꾸며내 짐짓 딴청 하고 나면
사람들이 웃어주는 모임 중에도 나는
벚꽃이 한꺼번에 떨어지지 말기를 염려한다

아름다운 기억

푸르거나 수줍음으로 시작하면
봄이 오는 신호처럼 설렘이다
우리가 맨 처음 이성을 알아보고
얼굴 붉어진 날 만큼이나

꿈틀거리다 잎이 나고
흔들거리다 꽃이 피고
점점 부풀어 터질듯한 가슴 되어
사랑처럼 일어섰던 것이다

노트를 제대로 펼 수 없던
짝사랑하던
교생 선생님 만나기 전
수업 시간의 떨림에도 봄이 왔다

교정을 흔들어대던 꽃들의 유혹
칠판을 지우던 하얀 셔츠 깃
소매에서 일던 먼지에도
멀미가 있었던 봄

꽃의 지독한 향기에
봄의 줄기를 건너느라
안간힘을 쏟는 중에 때를 맞춰

선생님은 먼 거리로 발령 났고
운동장을 나가던 뒤 모습으로 벚꽃이 시들었다

일찍 조숙한
여학생 얼굴 위로 꽃물이 얼룩져
그 봄의 지독한 아픔은 아름다움이었다

2월에 드러나는 것들

꽃대를 살피고 굳은 겨울 색을 매만지더니
햇살로 봄의 무늬를 새겨 넣는 바람 편에
이슬의 청초한 속삭임은 미끄럼을 타요

겨울 동안은 아무도 열 수 없던 비밀처럼
세월의 찌든 풍상을 한 고목 한 그루에서도
쭈뼛거리며 새싹의 눈망울이 멀뚱하게 웃어요

혼란스러워 가혹하게 쓴 반성문 몇 장과
어지러운 가십 토막들도 얼음 풀린 강물에
띄우면 꽃으로 활짝 피어나 깜짝 놀랬어요

꽃을 피우려는 표정들이 이를테면
며칠 부족한 날짜마다 행복을 매달고
겨울이 막 꺼내놓은 고명딸처럼 씨익 웃네요

기다리는 여심

입춘 우수 경칩 몇 번이나 예고를 하자
유리창을 닦으며 바빠졌던 마음이어요
매화 목련 개나리 앞세워 벌써 당도한
봄 앞에서 여태 싸늘합니다

봄결에 묻어올 소식 하나 기대하는 일로
심장아 나대지마라 혼잣말 여러 번 하면서
돌 틈으로 고개 내민 새싹을 바라보며
한 뼘의 희망을 기대했겠지요

봄이면 견고한 마음들도 따스하게 풀어져
남녘의 바람을 통해 소식하나 전해 오겠지
꽃길을 걸었던 추억들이 어깨 위로 오르다
봄의 머리까지 높이뛰기를 합니다

이해의 폭을 넓혀야 한다지

6월쯤 자취를 감췄으면 못 보았을
장미가 수시로 계절을 무시하고 피어나자
장미 모양을 한 국화가 스윽 쳐다볼 때 있지

모창가수가 먹고 살려면 어쩔 수 없었다고
눈물 없인 못 듣는 사연으로 글썽이면
그래 다 같이 살아야지 했던 마음도 있으나

성대모사 하나쯤 개인기로 있어야 토크쇼
출연한다며 그런 것 힘들다는 어느 배우의
하소연도 고개를 끄덕이며 들어주었지

대체 개성은 뚜렷해야 한다는 거여 아니면
흉내 잘 내며 서로 비슷비슷해야 한다는 거여
세상이 살수록 헷갈려 넌 장미여 치자꽃이여

안녕 봄날에 수다와 친구들

결말 같은 것 내지 않으면 어때
툭 끊어지면 잠시 바라보아도 흐름에
지장 없는 친구들과 보낸 날씨는 맑았어

정신적으로 잠시 토론을 벌여야 할 심각한
얼굴을 한 친구의 마음을 덜어내도록
딴 생각 하며 웃게 만드는 일은 내가 잘하지

중요한 일에 어차피 정답은 본인만 내는 것
충고도 위로도 말고 얘기를 들어주는 것
다른 얘기로 화제를 몰아내는 센스도 필요하지

호반의 강물 출렁이게 한 봄바람이 산수유
가지를 흔들 때마다 꽃잎이 화르르 날려
봄에 얹힌 오늘의 사진들은 내일의 추억이 되겠지

몇 시간 동안 대화에 열꽃을 피우다 보니
저녁 캄캄한 바람이 소양강에 날개를 접자
안녕하며 서울로 올라간 수다의 봄날이었어

봄이 일으킨 작은 혁명들

홍매화 꽃잎 입술에 붉게 칠하고
서서 오랫동안 누군가 올 것 같은
상상을 하다가 놀라서 정신 차린
여자는 잠깐씩 봄에 홀린다

극장 계단 총총 밟고 소녀처럼
내려오는 일과
아지랑이 날개를 잡으려 허공에
손을 뻗는 일도

베란다 건너편 사람들과 대화를
시도하는 일
봄이 되면 할 일 많아진다

비발디 사계의 봄을 들으며 레이스
달린 옷을 꺼내다 말고
새로 사야겠다고 문을 나서고

즉흥적인 감정 소비도 봄이
시키는 일이라며
봄 속으로 들어가 살 기세다

말없이 숨죽여 살았던 겨울 가고
투명한 새싹들이 수분을 뿜어내는
대지는 온통 봄에 뜻으로 아우성이다

마음에서 오는 봄

바다를 건너 날아간 날
옭아맨 마음들 화르르 열었으니
꽃 되어 안기는 내 안에 너를 만났겠지

네가 푸른 소매 열어 내어준 자리
두근대는 붉은 입술 가까이하고
새삼스럽지 않던 삶에 떨림을 맛 봤을 테지

달빛으로 철석 대는 파도가
비운 가슴 불 지르라 부추기고
새벽이 아침으로 휘돌 때까지 바라보았으니

모든 형태의 감정은 내 안에서 세어 나오려
이미 꿈틀대고 있었던 것

새로운 것들은 내 안에 피고 지는 것들이었지

겨울의 끝을 타박하던 봄

웅성거리는 소리에 금병산 생강나무
부스스 겨우 눈곱 떼고 있던 토요일
처음으로 춘천은 영상 13도 화창했다

홍매화 목련이 살짝 귀띔해 준 말
소양댐 위에 벚꽃이 늦잠 자고 있을 거래

으이그 때 되면 풀어 줄 줄도 알아야지
골짜기 아직 언 것 좀 보소 겨울 뒤끝은 길어
조수석에서 모처럼 까불거리며 어깨춤 으쓱

버석한 나뭇잎과 흰 눈이 모로 누워
버티는 곳에 억척스럽지 못 한 봄 하나가
턱걸이에 걸린 추위를 녹이는 중이었거든

앞 다퉈 나뭇가지에 오른 고운 햇살 집어다
내 발등에 올리며 만개한 봄을 제대로 안았지

봄 봄에 봉필이와 점례가 얼결에 누운 생강나무
그 아래 패인 굴 쓱 흘겨보다 늦게 나온 바람이
해의 얼굴을 간지럼 태우며 서쪽으로 데려갔어

문밖에 찬란한 슬픔들

주변을 알짱거리며 서 있던 여자가
기웃거리다 선을 넘었다며
내 지인은 불안한 목소리로 말했다

30년을 살아온 믿음에 가정이 무너진 건
못 견디겠다고 야무진 목소리와 달리
왼쪽 어깨에 가방이 위태롭게 늘어졌다

저 붉은 꽃은 그 뱅여시 닮은 입술처럼
짙은 향수가 풍겨 반사적으로 봄도 싫어
진저리난다며 펑펑 울었던 봄이 또 왔다

꽃에게 화풀이 할 마음 슬슬 오르기 전
부스스한 머리나 이쁘게 묶어라 소 잃고 외양간
고치러 가자 실없는 농담을 던져 놓고

너도 꽃이 될 수 있었네 왜 뿌리를 숨기고
고목인 척 살았냐고 타박 하면서
벚꽃 보러 가자고 스카프를 매줬다

흔들리는 봄

꽃 귀가 열리면 강가 살얼음이
슬그머니 물러나는 것이 보여요
부딪히거나 소음 같은 것 없이
계절은 물러서는 법을 안다고 했어요

이젠 사랑하지 않아라고 말하면
그때 사랑한다 했잖아 우격다짐으로
성숙하지 못했던 말들을 주고받던
우리의 사랑이 그 봄에 떠나갔었지요

겨울도 미련이 남으면 봄에게 눈을
뭉텅 뿌리며 심술부린 것을 보았어요
그때의 사랑에 아쉬움을 찾는 것인지
봄 햇살 닮은 그대의 눈빛을 자꾸 찾아요

앵글 속에서 피어나다

춘당지에서 세수시켜 낸 창경궁의 꽃들
햇빛에 바람을 타고 휘날리는 곳으로
포즈를 취하고 싶었던 여자가 있었지

구름에 가린 조도를 확인한 진사가
앵글을 맞추려 미간에 주름을 모으면
햇빛이 장난을 치며 들어왔어도 웃었지

길상사 꽃 이파리 스님의 유골함에 날려
어지러우실까 비질 한 번으로 눈 맞춤 드리고
개나리 입에 문 슬픈 역사의 창경궁 지나

북촌 한옥 마을 고가와 현대 사이를 건너가던
노을까지 아름다움으로 마침표를 찍었던
그날의 컷들은 앵글 속에 봄으로 다시 피었지

고려산 진달래 눈으로 즈려 밟으며

이슬로 단장하고 새벽부터 반기던 꽃잎
떠나간 사랑 만났다 설정을 하기로 했지만

떨어진 꽃잎에 다녀간 그 사람 발자국
찍힌 곳 있나 살필 수는 없었어 어찌나 붐비던지

향기에 취하면 울어버릴지도 모르지
사방에서 기습적인 유혹들 만발했거든

꽃잎의 순절처럼 빨리 떠나던 그 사람처럼
순식간에 타오르는 것들은 대체로 위험해

꽃들이 가슴을 열어 환해지느라 늘어지던
가지에 옛 생각 모조리 올려놓고 한 컷

꽃들의 유혹에 넘어가지 않으려 한 것도
지극히 정상은 아니라고 생각했기에
나도 건들건들하게 진달래와 놀다 왔어

오월은 그녀가 갑이다(장미)

과한 자태로 남의 집 담장에 올라선다

바람에게 미모가 흐트러지지 않게 해달라
톡 쏘아 보면서
진한 향기에 무너진 바람이 능청스레 받아준다

이미 마을 여러 곳을 지나와
익숙한 주문이다
철쭉도 명자도 무시하던 바람이
유독 그녀에게만 고분고분하다

남의 집 담장을 기어오르던
그녀에게는 맞서고 싶지 않았을까
바람도 제 살 궁리를 하는 모양이다

화려함으로 갑질하는 그녀는 역시 오월의 여왕이다

메추라기의 외출

물 위로 슬그머니 떠 있는 봄
이미 큰 돌 위에 올라앉은 메추라기

날개 사이로 아직 찬바람 솔솔 맞으며
지난 그 시간을 기다린듯하다

겨울은 사랑을 잠시 숨겨두었을 뿐
봄이 오면 여지없이 그리워졌을까

아직은 쌀쌀한 절기로만 봄인데 봄을
머리에 이고 행여나 기다림이 애잔하다

나의 봄엔 당신 있었네

봄을 조금씩 이동시키는 바람이 있었네

풀피리 연주 새들의 합창 산 너머 아지랑이
겨울 뚫고 달려온 기특한 몸짓을 도왔네

목을 축이는 길고양이 쑥쑥 오른 냉이를
못 본 척해 주어 어우러진 평화도 있었네

매화 목련 개나리 차례로 피어나는 것
질서를 기다리는 당신이 자연 닮았었네

방파제에 가고 싶었네 그때 노을에 촐싹거린
파도의 봄을 당신과 보곤 했었네

당신의 가슴에선 봄 냄새가 났고
당신의 느낌으로 매번 봄은 오고 있었네

당신 오는 길목

눈 속에 복수초도 복수를 끝내고 떠났네

햇살이 언 강물 부수고 흐르게 하였나 봐

훈풍이 물결에 노랫소리 실어 나르네

겨울 동안 꿈꾸던 세상이 이런 거였다고

끊임없이 피어날 아지랑이로 눈부시겠네

산천에 꿈틀한 당신 발소리 경쾌하겠네

훔쳐온 봄

겨울 비켜내고 들이민 꽃망울
스윽 꺾어 왔어
지조 없는 매화가 훈훈한 거실에서
슬그머니 피어났어

이럴 줄 몰랐기에 포기했던 마음도
며칠 더 훔쳐나 볼 걸
때가 따로 있는 게 아니었나 봐
그냥 스윽 훔쳐와
내거 하자 하면 될 일이었어

3부

봉숭아 꽃물 들이며

시인의 정원에 걸린 화력의 팔월

빨랫줄에 걸리고도 넘어질 줄 모르는 해
통유리까지 뚫을 기세로 쨍쨍한 날
잔디 마당 뜨거운 열기는
텃밭을 접수하자며 상추를 녹여버렸다

집 딸기 오밀조밀
울타리에 숨어 간신히 호흡하고
회화나무 잎새도 더운지 그네 타며
스스로 바람을 만들고

윗집 담 위를 타고 오른 능소화의
사연을 얘기하려고
단감나무가 만들어낸 그늘 옆으로
평상을 펴고 앉아 있으면
하늘만 보던 해바라기

벌에 쏘였나 어안 벙벙한 표정도 있고
자지러지게 목이 쉰 매미의 떼창
숲 사이로 시어가 열리다 툭
끊길 수도 있었다

아랫집 심술궂은 할머니 생활쓰레기
태우는 날 가끔 저녁이 흐리게 왔고
컹컹 밥값 하느라 짖어대는
백구의 신호로 아침이 오기도 했다

봉숭아 꽃물들이며

분꽃 건너편 개망초
햇볕에 달궈진 얼굴 식히려
바스락거리며 찾아온 밤

어둠에 밀린 나무까지 강물로 다가와
등목이라도 하고 싶어 하면 달이 먼저
덜컹 뛰어든 냇가에도 너 있었고

여름의 틈 어디라도 피어오르던
봉숭아 꽃물들이자 말하던 순간에도
미신처럼 첫눈 오면 만나지겠지 한다

손톱의 중심부에 숨통을 죄어가며
한낮의 독한 해가 다녀간 이야기
일행들이 펼칠 그때도 네 생각을 했고

별똥별의 이야기라든가 긴 시간
수다에도 손톱 끝의 붉은색이 사라지기 전
너를 만나게 될 수 있을 거란 희망을 품는다

다알리아 꽃밭에서

눈동자의 부축으로 붉음을 따라나서
마음이 또 데이겠다 싶어 멈칫했어

그때도 환상적인 날 살게 해 놓고서
떠나가던 뒷모습까지 붉었으니까

가뿐하게 요절하려던 아름다움 끝에서
내년에 다시 온다는 약속 같은 메아리는
내 마음이 믿고 싶어 한 허상이었을 뿐

다시 찾아도 남은 미련들이 붉어져
언제나 환장할 기억까지 달려 나오다
슬픔들이 발등에 걸려 넘어지려 했어

노을이 지나간 자리를 더듬다

떠나야 할 시간은 언제나 미련으로 차올라
붉다가 붉다가 힘겨워질 때도 있었어

길어진 그림자 거둬 가는 길이 아쉬워
서쪽 나뭇가지 위에서 머뭇거리던 날은

분홍 자귀 꽃에 앉은 벌 녀석 방금 수국에게
수작 걸던 일들을 모른 척하고 고즈넉했어

애기똥풀 산달래가 외로움 타는 저녁 길로
오랫동안 붉은 기운을 보내주려 애쓰기도 하고

오월에 하루를 건너가며 뿜어낸 열정으로
양귀비 얼굴이 붉어져 유월이라는 생각도 했지

빛이 사라지면 잠시 어둑한 그리움이 생겨나
누군가 한없이 보고 싶어서 휘청거렸어

달맞이꽃이 피어 빙빙 돌다가 가라앉으면
달이 떠 있고 노을은 어느새 사라졌지

금계국 흐드러진 길에도 그리움이다

빛들은 푸른 잎새에 반사되어
원하지 않아도 찬란하게 솟구쳐
여름에도 그리움을 들추게 합니다

저녁노을이 금계국 이마에 금빛
그림자를 만들어 오래 머물면
귀하가 찍어준 사진 한 장 불쑥 튀어나오고

빈궁하지 않아 울음이 되지 못한
금빛의 황홀한 빛 앞에 잠시 서 있습니다

지난 필름이 돌 때마다 나는 명랑했었고
너는 좋은 사람 하다가 목젖이 뜨겁다면
우리는 대체로 좋은 관계였다 생각합니다

흘러간 것들이 그리워서 자리 잡고 앉아
움직이기 싫었다면 한 번은 보고 싶다고
금계국 얼굴 붉어지도록 외치고 싶었습니다

징검다리 건너면 그대가 있을까

천천히 한 발짝마다 그대가 내 손 잡아
서툴지 않았던 날들을 기억하면서
오늘 가슴으로 들리는 그대 목소리 쫓아
이 길을 나섭니다

그간에 털어내고 남은 것도 그리움이었고
빨리 흘러서 번잡하게 돌던 날에도 그리움이
털려나지 못해 이 숲길 어딘가에
그대가 분명 숨어 살 거란 생각을 했습니다

숲을 헤치며 길 안내를 맡은 새소리와 함께
햇살까지 징검다리 비추며 따라나서는 건
단절된 시간을 찾아 다시 함께 하라는
안타까움처럼 눈물 납니다

산 아래 밭에선 청보리 베어지고 있을까요
감꽃 풍성하게 열린 모양마다 베이지색
옅게 심겨진 그리움 푸르게 물들어
계절의 흐름 타고 오르는 것 같습니다

어제는 양평 세미원에 갔었죠

꽃을 순결하게 품은 정원 중에서 여름엔
이곳 연 밭만큼 곱고 멋진 곳 있을까요

유독 올 여름 연꽃을 보고 싶게 한 건
사진작가님들이 약 올려서 홀린 거라고 할래요

세미원 입구에 징검다리 건너면 그대가
있을까 제가 쓴 시도 연상시키고

장독대에 솟아오른 분수도 사진에서 이미
봤기에 무척 반가웠지요

안전한 운동화에 조심히 의지하고
아직 덜 건강한 몸 멀리 출타 나와
예민하게 걸어 다니는 중이었는데요

이끼 바위들 옆에 올라 사진을 찍으려던
순간이었어요

독사를 닮은 굵은 뱀이 하필 그때 스윽 지나가
얼마나 놀랬던지 뛰었어야 했는데
움직여지지 않았어요

지금 생각해도 팔뚝에 소름 돋네요

이거 진짜여요 식물과 꽃들 키우느라
늘 습지에 공기가 좋아서인지 뱀이
있더라구요 다들 조심하셔요

그 후 무서워서 온통 스윽 지나간 상상과
풀밭이 여러 번 공포를 줬어요

저를 아주 병아리 눈물만큼 아시면서
또 겁 없어 보인다 할 참 인가요
아마 이 세상에서 젤 겁 많을걸요

비를 머금은 구름이 바람과 겨루기하며
출렁거린 물의 정원을 건너더니
건너편 두물머리 드라마 촬영지에서
회오리를 치더라구요

의자가 백석이나 된 여인들로 꽉 찬 연밥

한정식을 점심으로 먹을 때 또 한 번
대한민국은 위대한 중년여인의 천국이란
생각을 했어요

디저트로 방송을 탄 연 핫도그를 먹어야 한다는
한 친구는

볼 때마다 살이 늘어나 있어서
어쩔라고 그러냐 내가 면박을 줘 봐도
끄떡 않으면서 사진마다
뚱뚱하다고 난리난리 해댈때

저 돌직구인 거 아시죠
니가 뚱뚱해서 사진이 뚱뚱해 어쩌란 거여
이럴 때 새삼 삐치는 사람도 없어요
우리 사이엔 늘 그러고 놀아요

그런 타박에도 핫도그 사 와서
한 개는 내 몫이라고 알아서 하라고
연잎 핫도그 맛있기로 유명한 곳이죠

가슴에 청순한 연꽃들이 한가득 채워진 기분
지금은 비가 내리는 새벽 시간인데
어제를 생각하며 썼어요

오지의 숲에 다녀오다

근심하나 얹혀있지 않는 오지의 숲은
오란 말 없어도 찾아 나서게 하는데
꼭 다녀가란 지인의 부름으로 호기롭게 떠났다

항아리들 놓인 일렬종대에 맞춘 팬지꽃들이
아담한 키로 인사를 하고
소나무들 사이로 오월의 해가 우리 일행이
올 때까지 중앙에서 기다리자

나무 향을 맡으며 설레발을 친 일행들은
구름 좀 봐 하얀 것 이팝나무니? 배꽃이구나
쫑알대며 두릅이 서식한다는 집 뒤의 산을 오른다

참 나무 몸통을 감아 오르던 칡넝쿨
가시덤불 속에서 서로 얽혀 든 오미자 줄기
귀찮은 내색 없이 서로를 의지하며 소곤거리자
약 치지 않은 어린잎 좋다기에 슬쩍 따 담는 욕심

깊은 골짜기에서 흐르는 물 길 잡아 호스관으로
사용하고 낮에 모인 태양열을 붙잡아 전기로

사용해 전기료도 안 낸다는 지혜로 사는 곳
오염 없는 쑥 씀바귀를 뜯는 친구들 바구니에
나의 봄노래까지 꾹 눌러 담으며 아픈 손가락에
좋다는 나무까지 기어이 찾아왔다

풀씨 물고 날으는 새에게 말을 걸어 보는 일
할 일 없는지 제자리에 꼬물거린 달과 눈 맞춰 보기
그냥 자라난 풀로 쌈을 먹으며 별에게 감동하는 밤

마음이 열려있으면 낯선 곳인 줄 모르게 된 밤

자연일기는 고도의 해발에서도
외로움이 존재하지 않겠더라는 내 생각이지만

"너 와서 살거니" 물으면 '그 글쎄' 하겠지
여행으론 가끔 좋아라며

아침 일찍 내려와 아우라지 터를 한 바퀴 돌고
마침 열린 정선 장터 구경까지 마치고

돌아와 열 일 제치고 손가락에 좋다는
나무를 끓여마셨다
한 달 먹으면 효과 본다던데

닮은 꼴

숲속 쑥부쟁이 구절초가
누가 누구 게라며 안개마저
머리에 한가득 올려두고 난감하다

네가 영숙이고 넌 인숙이던가
본인이 월등히 이쁜데도 꼭 이렇게
묻는 당숙이 싫다고 말했던 이란성 쌍둥이
생각에 배시시 웃었다

하필 아프리카를 좋아하더니
신랑이랑 죽이 맞아 아프리카로 간 지 오래다
안개 속에서 이제는 네가 그리울 시간이라고
돌아올 것만 같은 사진을 바라본다

영숙이 넌 얼굴이 더 작았으니
쑥부쟁이지

개망초

오래전부터
소외감이나 편견이 없었다곤 말 못하지

세심한 눈길로 살피기 시작한
작가들이 끊임없이 찬양한 덕분에
모든 꽃들이 공평한 대접을 받게 되었거든

자세히 보아야 예쁘다던 말에 공감하고
한 귀퉁이로 밀려난 꽃들은 없는데

사람끼리는 아직 먼 얘기 같아
외로움에 소외감 이질감 힘들게
사는 사람 아직 많아

나비를 기다린 양귀비

초여름이 오면 사랑을 숭배하는
몸에 밴 관습으로 옷매무새 만져놓고
당신 오시는 발걸음에 귀 열어 둡니다

바람의 세기에 당신 발소리 듣지 못할까
이리저리 찌푸리며 흔들리는 몸부림
멀리서 보다가 가셨을까 의심도 합니다

그림자 늘어진 오후 측은하게 내려다 본
해님을 피해 민망해진 옷깃을 접을까
이 사랑도 접을까 생각이 깊어집니다

다시 아침이 오면 오늘은 당신
꼭 올 것만 같아
한 겹 더 치장을 하며 더 멀리 보이도록
더욱 짙은 열정으로 서 있습니다

바람이 소식 전해 파닥거리는
급한 날갯짓 당신의 빠른 숨소리가
내 심장에 닿는 듯 당도하기도 전
아찔해 시들지도 모릅니다

당신을 사랑하다 타들어가는
내 마음 안타까워
서쪽으로 향하던 노을도 눈시울 붉어집니다

해바라기

당신이 있어 그늘 한 점 없는 내 마음
둥글게 살아갈 수 있어 아름답습니다
가진 건 티 없이 밝은 제 마음하나
당신을 향해 원 없이 쏟아냅니다

당신 바라보는 이 간절한 눈빛으로
마음을 졸이면서 하루하루 살아냅니다
뜨거운 심장 타들어가는 간절함에도
사랑 함부로 거론하지 않을 랍니다

비 갠 다음날 자연이 수놓은 세상

물빛 거둬간 해를 기점으로 하나씩 드러난
자연의 친구들이 발길을 잡아당긴다

기지개를 켜다 속눈썹에 묻은 이슬 털어낸
지칭개 위로 잠자리 찾아와 매력 어필하는 중이고

뱃지의 푸른 잎새에 자리 잡은 수컷 무당벌레
수줍은 척 다가서더니 야무지게 돌진한 암컷
요것들 봐라 뱃지의 질투가 보라의 꽃을 피웠다

그 와중에 간밤 빗물에 떠내려 온 뗏목 타고 오른
해오라기 누굴 기다리는 것만 같아 어쩌나

물오른 뱃지의 보라꽃 들판을 힘껏 내달리는 춤사위는
알고 보니 바람의 장난질 평화로운 이 조화에
들뜬 시인의 심장이 부푼다

그녀는 슬퍼도 아름다웠네

화들짝 방금 전 옆에서 누군가 떠났네
찰나의 아픔 온전히 몫으로 달고
붉은 꽃무릇 저 소슬한 떨림 아름답네

눈으로만 스쳐도 애간장 녹인다던
사랑하는 연인 사라진 애달픈 한
쨍그랑 입술 터진 아픔이 아름답네

외로움 깊어져 이슬과의 통정에
밝은 낮빛 햇볕에 들켜버려 현기증에
고개 숙여도 여전히 그녀는 아름다웠네

푸른 들판은 아버지다

파랗게 아버지 키를 넘긴 들판에서
고달픈 농부의 딸이었음을 돌아본다

갈기마다 곧추세운 아버지의 고독이
줄기세포로 자란 저 들녘이 시리다

이슬로 시를 써보는 딸의 한량스러움과
새벽 논 물 대시며 잠을 설친 아버지와
같은 시간에 동떨어진 삶이 시작된다

파란 소용돌이로 지나간 시간이 오고
먹먹하도록 저며드는 초록 잎새는
분명 내 아버지다

따라갈까요 하면 학생은 공부 잘하면
그게 네 일이다 너는 논에 나올 생각 마라
논 일은 아버지 일이다 하셨다

4부

가을과 나

가을의 풍경과 충돌하면 그리움이 생겨

왜 이렇게 비가 오나 했어

오늘 일어난 역사적인 일 중
1849년 10월 7일에 애드거 앨런 포우가
세상을 떴기에 여태 하늘이 기억했을까

처서라는 팻말이 일상으로 들어온다고
경고 같은 거 했으나
소용없어 사랑이나 가을이나 그리 단순하지가
않거든

온전하게 있지 못 한 가슴이 되어 틈만 나면
마음 떨리는 풍경들에게 부딪혀

내 마음이 내 것 같지가 않아
어제는 하얀 이를 드러낸 하늘이 오늘은
축축하게 늘어뜨리고 있잖아

어차피 가라앉은 마음 영화관에 앉히고
함부로 나대지 못 할 공간에서 숨을 쉬어봤어

나는 아직 믿지 못할 게 많아 괜찮다 하면서
꽃바람에 밀려든 향기에 현기증이 나
잘 있었니 한마디에 딴 생각을 할 때도 있어

스스로 붉어지는 저녁노을이 될 뻔하고
바람의 소리에 맨발로 나서다 길 잃은 꿈을
꿀 때도 많아

아직 네가 그리워서 꿈에 대문을 나서는 거
아닐까

귀하의 가을은 안녕하신지요

여독을 풀어놓고 온 나라를
위협하던 그 불볕의 횡포를 귀하께서
잘 견딘 덕분에 가을로 갈 수 있겠네요

나왔다 들어갔다 때맞추기 어렵다던
코스모스가 제대로 까불거리는 거리를
귀하보다 먼저 발견하고 오는 길입니다

제 갈 길로 잘 돌아가는 계절이 가장 안전
하겠지만 내일부터 발목 잡는 태풍이 있다 하니
귀하께서도 채비를 하셔야겠지요

느닷없이 피어나 정신 못 차린다던 그런 사랑
귀하가 다그쳐버리자 일찍 소각해 두었기에
가을은 견딜 만할 것 같아 다행이네요

가을과 나

차를 비켜서 인도로 날아온
단풍잎이 내게로 안긴다

시심이 묻어날까 주으려는데
대한민국 가을이 온통 구애를 시작한다

벌레가 구멍 낸 가을은 헛헛한
시간을 쓰고
벤치위의 수북한 가을은
젊은 날을 쓰다가 손을 놓고 바라본 하늘

중년이 된 가을에게 오늘 좀 낯선 말 담아
사랑해 라고 새기고 말았다

물의 정원에 내려앉은 가을

안개가 감싸고 도는 날은 해를 늦게
내놓기 위한 새벽의 작전이었고
한낮이 더울 거라는 징조 같은 것으로써
이런 문제는 고민 없이 풀 수가 있어 좋다

만날수록 어려웠던 그의 마음은
무엇 때문에 사람을 힘들게 하는지
친구는 아프다 말했고

들판의 꽃은 화려하게 쉬운 말로 풀어놓은
편한 가을 같아서 주저 없이 좋아할 수
있다며 맘껏 누린 하루다

진지해지면 깊어지고 힘들어져
훤히 드러날 때 그것만 보면 되는 거 아니냐

끝내 알지 못해도 지독하게 궁금한
저 물의 정원에 연꽃들의 시든 사연도
묻지 않고 돌아가는 가벼운 저녁이 되어야 했다

환청

천상병님 문학제라 하기에
문장 한 줄 겨우 쓰다가
나도 문인이라고 쫓아 갔었제

가을 숨소리 깊이 잠긴 산청에
감나무가 연출을 도맡아 붉게
흔들거리며 그분 대신 반기대

석양이 어스름한 시각 막걸리 잔에
휘저은 시어 한 토막 꿀꺽 삼키자
누구 흉내 내느냐 꾸짖는 소리 들리대

너를 보고 세상의 언어를 놓치다

푸른 입술 샐쭉거리자 햇볕이 물들여
황금빛으로 찰랑이게 해 주더니
바람이 살살 다가와 옷깃을 펼쳐 보이며
넋 놓고 바라보게 한 저녁 무렵

가을마다 단장하고 서서 대놓고
유혹하려는 기색이었는데도
너울너울 홀리는 자태가 일품이었던
시리고 눈부시게 아름다운 그녀 앞에서

본처가 맨발로 쫓아가 머리끄덩이 잡겠다며
마음 먹고 왔다가 눈부신 애인을 마주하고
아무 말 못했다는 게 이런 것이겠지 짐작했다

고개 들면 거기 변함없는 것들이 순수일까

한 바퀴 돌아 눈을 돌리면

며칠간의 단비를 촘촘히 흡수하여
살랑거리며 붉게 피어오른 양귀비 꽃밭
그 곁을 지나온 바람의 향기마저 아름다웠다

잃어가던 서정을 찾아 시를 쓰고 싶어
말소리 줄이고 새소리 옵션으로 들리는
남한강 뷰 한 잔을 가슴에 담아 보기도 하고

수려한 풍광 아니어도 언제나 풋풋하게
글맛을 살리겠다던 내 자만이 힘을 잃어
순수한 것들을 찾으려 두리번거린다

아침은 언제나 희망을 새롭게 주었고
노을은 아쉬움을 남기는 그리움이어야 하고
강물은 말없이 끝없이 흐르는 것처럼

변함없는 진리 기본 감정은 나이 먹지 않고
순수해야만 맑은 시가 흐를 것 같았다

그들이 여행을 떠난 이유

쉿 다 알려고 하지 말아요

늦가을의 기운들은 마지막 월경이
끝난 중년처럼 화도 많은 것 같아
몸을 달궈내는 해의 간지럼도 쉽게 탑니다

붉어 떨어지려는 잎새가 자신 같다며
사소한 우울감에 집을 떠나게 되지요

몸의 세포가 하나씩 반항을 시작하던 사춘기보다
격렬하게 주체할 수 없어 소리 지르다
철철 눈물이 나는 이유도 모르는 사추기를 겪거든요

뜨거움에서도 푸르게 매달린 잎새가 붉어지면
질문이 사라지고 침묵하게 되 이별한 기억
하나 온 드라마에 허우적 댑니다

낙엽 한 장 책갈피에서 찾은 추억을 기념하듯
해마다 왜곡하며 새로 쓰이고 싶은 나를 위해
영원히 간직할 여행을 떠나기로 했답니다

은행잎 문장을 가을에 꿰어 오다

팔락거린 가지 사이로 절반은
푸르스름한 문장들이 하늘을 가리더니

홍천 은행나무숲은 어느 가을에
놓고 온 추억을 감춰 쉬이 내주지 않고
찬바람으로 얇은 옷섶을 먼저 공격한다

아직 시월인데 으스스 한 추위로
에워싸 훼방을 놓기로 한 건지

겸손한 척하는 사람과 차가운 공기엔
금세 뾰족해진 마음이라 따스한 가게를 찾아
치즈 호떡 한 입 따스히 베어 물었다

완전하게 노랗지 않은데 벌써 오냐고
은행잎이 불편한 심기를 드러낸다고
생각하자며 불안전한 잎새라고 적었다

실레길 또 하나의 전설에도 가을

백일홍 꽃밭이 있는 뒷산의 큰 나무 그림자
실레길로 빙 돌아 나오던 바람에 휘감겨
고요를 뚫고 기어이 말문을 연다

은밀하게 키워가던 사랑의 열병이 탄로나
백일홍을 키우며 살던 여자가 있었다며
사연의 슬픔을 차분히 말하는 사람에게
둘러앉아 꽃차를 마셨다

심장이 몰래 쿵쾅거린 몇은 일어나
마당을 서성거릴 때
푸른 하늘을 떠받치며 막 지나던 노을이
포기한 그리움을 부추기자 허공을 보았고

울음을 삼킨 붉은 얼굴로 끄덕거려 준
백일홍 핀 가을밤은 적당히 아름다웠다

가을은 몽유병 같았지

처세술에 야무진 잎새들은 유혹에 덫을
사방으로 놓고 있었던 거야
쩌렁쩌렁 호령하던 매미들이 붙잡혀갔고
몸부림을 시도하는 고독들이 꿈틀댄다고 했어

쭈뼛대는 쑥부쟁이 향기에도
마음 풀어버리는 환자가 생겨났고
모두 콜록거리며 전염병이 돌지도 몰라
지평선 끝자락에 모든 것은 그리움으로
만들어버린 한 가지 증세가 일치한다고 했어

뜨락에 숨어 우는 귀뚜라미 은하수
그에 부름으로 꼼짝없이 보초를 섰고
멀쩡하지 못하고 창백한 낮빛의 밤을
여러 번 세우게 하다가 헛소리들을 한다지 아마

꽃무릇 당신을 만나 행복했습니다

얼마의 시간을 공들이고 내달려
가을로 올 수 있었는지
당신을 만나러 가는 계획을 세우고
들뜬 마음으로 그리움만 품었습니다

그해 출사 나온 진사님들 때문에
당신의 눈빛을 슬쩍 읽고 오느라
꼭 올 테니 기다리란 약속의 말 못 했는데

오늘 울컥 차오른 붉은 향기와
깃털 구름이 엿보는
선운사 마당은 천국 같았습니다

햇빛 두어 마디 남기고 서둘러 오려니
장거리 연애 같은 설렘과 아쉬움
약속 같은 거 하지 않을래요

또 그렇게 가을이 오면 선운사 뒤뜰로
울타리 넘보던 달 기울어질 때쯤 당신을
만나러 올까 합니다

한 뼘 자란 가을과 가위바위보

하늘은 더 높이 파랗게 지붕개량하고
카페 뒤로 짊어진 산밭에 붉은 고추
호박 고구마 평화로운 구도로 여물었다

숨바꼭질하던 블루베리 작은 씨알
붉은 꽈리는 오래전에 익어 벌써 들켰고

잔디를 품어 안은 햇살은 지루했는지
인테리어 소품 위로 껑충 뛰다가
바늘꽃 무리로 건널 때 갑자기 비가 방해한다

여름을 다독여 보내고 첫 부름으로
보라의 기운 퍼트린 맥문동 입술에 묻은
풍뎅이 사랑한다 말했을까

악착같은 발돋움으로 햇빛을 보듬어
세력을 넓혀나간 질긴 풀씨들도 소중하다며
정원을 점령하도록 배려한 세심함까지

주막 카페의 하루는 연인과 이별한 날의
미련처럼 자꾸만 뒤돌아보게 했다

9월이야

달빛 한 자락 품어 안고 울음 내는
풀벌레 소리가 서글퍼지기 전에
그대를 만나러 마중 나갈지도 몰라

영롱한 숨결로 서걱대는 마음 한자락
그대 가슴에 못 풀어 침묵으로 돌아서
다시 그리워지더라도 그대를 보고 싶어

눈시울이 붉어지면 가을 단풍이
붉은 까닭일 거라 핑계를 대면서
다시 숨죽인 추억을 간직하며 살아갈 거야

맑은 하늘에 사랑해 써볼 거야

설악의 품으로 가보자 했어

단풍 잎새에 달라붙은 만경대에서
가을을 만나면 그간의 말라가던
세포가 알아서 깨어나겠지 빠르게 걸었어

온 산 타고 앉아 호령하는 주전골
붉은 위엄에 도전장 내밀자마자
감정이 제대로 놀아나려는 걸 느꼈지

도둑 맞은 것처럼 허탈하다던 가을 한 뼘
눈 속에 넣어 찡긋거리며 사진을 담다가
가을 내려앉은 오색약수 한 모금 삼키자

산 발치에서 다가오는 울림으로 가슴에
묶여 웅웅거리던 언어가 솟구치는 그것은
감탄사 말고 산이 내게 주는 새로운 영감이었지

환장하게 많은 인파들 속속 밀려들었고
한동안 포위당한 설악의 비명이 들려왔지만
누구 하나 진심으로 들어주지 않았기 때문일까

몸살 난 설악의 얼굴이 어두워 불편해보이자
하늘은 그들을 위한 검은빛 휘장을 내리기로 했지
한꺼번에 오면 안 되는 거였어 순번을 정했어야지

으이그 관광철 몸살나겠다 설악산

가을로 가는 여행

입추가 신호를 보내면 벌써 가을처럼
들뜬 가슴이 된 나는
집 근처 수목원으로 사진을 찍으러 간다

아직 꽉 잡고 앙탈한
한낮의 태양과 오전의 수목원
푸른 살갗을 호흡으로 포즈를
취하면서 옷을 갈아입었다

수국에게 구애를 하던 벌의 눈총과
풀벌레처럼 피리 피리 스프링클러가
돌아가며 숲에 물기를 채워주기 시작하자

더욱 따가워진 햇볕
가만두면 흐르던 사계의 질서가 이곳에도
파괴되었는지 올여름 모든 것이 타버린 것
같아 아쉬웠다

물레방아 도는 숲에선 가을 하고 부르면서
파르르 입술 떨린 음을 내보았고
새초롬하게 툭 물방울이 튕기다
구르다 일어서는 수목원의 한나절은
나의 마음에 첫가을이다

가을 안부

이슬방울 털어내고 핑크뮬리가
물고 온 소식 우체통이 근질거려
꺼내보니

상암동 하늘정원 길에 갈대 군락지
나를 기다리더란 소식 곱게 적혔고
떠오른 햇살 모과 얼굴로
방향을 바꾸고 싶단 얘기도 있었다

정원에 세운 뷰에서 바라본 그림
고개를 살짝 갸우뚱 하자 가을도
기울고 있었다 적힌 황당한 에피소드

집 나가지 않고도 가을을 품 안에
넘겨준 세상 좋아진 기계문명
불편하게 누워있는 이에게도 사진은
한 자락의 가을 사랑을 흘려준다

가을이 만든 풍경들

푸른 입술 샐쭉거리면
햇볕이 물들여 놓은 낙엽들

바람이 살살 꼬드겨
유혹해놓고 떨어뜨리면

시리고 눈부신 고독으로
겨울까지 끙끙 앓는다

못 잊을 사랑

해거름
가을이 튕겨낸 그리움은
혹시 내게로
보낸 너의 텔레파시였을까

5부

정리

황금 들판에 서면

고개 숙인 풍요 앞에서 아버지의
얘기가 사그락사그락
장마철 젖은 삶이 이랑 사이로
갈급하던 여름을 잘 견뎌 오셨다
기계가 자식보다 효자구나
벼는 알아서 베어지고 남은 시간은
막걸리에 담아 비우시니 좋다 하신다

들판에 서면 푸념처럼 아버지의
서걱 거리는 속 얘기는 허수아비가
들어주고 자식은 하얀 거짓말만 보탠다

아버지
가려고 했는데 시간이 안 났어요

박제하고픈 인연

책 속에 감춰두고
숨 못 쉬게 억압당한 잎새처럼
붉은 사연인 양 어긋난 인연도 접어서
박제로 말려두고 싶을 때 있다

긴 세월 잠그고 오래 두면
가벼워지는 사이가 있었지
잊히며 감사할 관계 굳이 보면서
지쳐가는 만남은 가둬 두고 싶었겠지

붉은빛이 삐죽거리며 가을 햇빛에
우연히 노출이 되었을 땐 꺼낸다
내가 용서했거나 이해되었거나
아니면 털어 없애버릴 이야기들이니까

종소리

잘못한 일 많았을까
너의 소리 들리면
저녁나절 서쪽으로 급히 돌던
노을의 발걸음도 멈칫 하게 돼
맑은 울림엔 괜히 휘청하나 봐
우뚝 가르침처럼 그렇게 생각이 돼
울림은 속에 감춘 것을 드러내고
들키게 하는 건가 봐
그때 하늘을 바라보는 건
꺼내고 싶은 끓는 마음일 테지
너의 울림 웅크린 자에게 기회를
주자고 부여한 면죄부 같았거든

정리

다 떼어내고 남은 12월이
용감하게 서 있다
유난히 빼곡한 날짜 안에 빨간 동그라미
특별한 날이다 표시를 한 모양이군
건망증이 무서운 게지
앞장들이 뜯겨진 이유를 모른 체
홀가분한 12월이 휘날릴 때
정리를 해볼까 전화번호부를 연다
너는 애매모호해서 지워주고
너는 귀찮아서 지워내고
너는 아무 연고 없으니 지워주마
어느 님 연말정산에 내 이름도
이렇게 떨어져 나갔을 테지
꿋꿋이 달고 있을 이름이 많다고
행복한 것도 아니잖은가

안개

물안개가 습관적으로 피어난 도시
도심의 오전이 희뿌연 이유를
소양호가 책임질 일인가
출근시키고 남겨진 여인네들이
허우적대며 꿈틀거릴 때
움직여야 할 것 같은 시간에도 커피 잔
위로 우울한 샹송을 터트리고 싶어 한다

여태 이도시의 익숙함에도
런던인가 착각을 하며 모자를 눌러 쓰고
경계심 없이 거리로 기웃기웃 나가면
한산함으론 분명 런던은 아니었지

안개가 흘리고 간 젖은 눈물이 가로수에서
흩어지면 드디어 환한 낮이 되고
그렇게 한나절을 겁탈당한 시간은
별일 아니라는 듯 느릿한 소도시에
일상이 그제서야 시작이다

대화가 필요해

꽃잎이 떨고 있는 새벽은
얼마나 처연한지 가슴에 이는
바람은 중심을 얼마나 흩트려놓는지
당신에게 내가 할 말은 많았다

한 번쯤 산책을 같이하고 들국화
조물조물 한 그 길에 향기를
당신과 나누고자 했지
주식에 대한 경제에 관한 국회의원 얘기 말고

내가 바라본 세상에 대하여
코스모스가 올핸 가을보다 먼저 온 이유와
허수아비를 볼 수 없는 들녘에 대하여
한마디만 나누어도 몹시 아름다운 가을이겠다

해프닝

노을이 그물에 걸린 날
바다는 어쩔 줄 몰라 벌겋게 달아올랐고
물결은 방향도 없이 갈팡질팡
고래가 삼키려던 고등어 한 마리 어수선한
이 기회에 살아났네

바다로 들어온 해님을 덜컥 잡아버린 어부
거대한 바다가 우뚝 할 일을 멈췄네
오늘 밤은 난리가 났네 해를 잡은 이가 누구인가
뉴스는 온통 특보 긴급 속보라네

순수한 어부님의 어리둥절한 인터뷰
모르고 그랬다는 사과문으로 일단락 지었네

빨래들

베란다 높은 곳에 걸린 와이셔츠
힘에 부친 지 축 늘어졌길래
나의 온피스라도 기대면 나을까
왠지 측은해 보여 슬쩍 겹쳐 두었다

양말 한 켤레는 허공의 햇빛을 향해
정년퇴임까지는 버텨 볼 생각인지
힘껏 발길질 해대는 게 참 다행이다

젖어서도 봉긋한 브래지어 조각은
밋밋한 내 가슴보다 나았을까
건조대에 부풀려져 속없이 방방 웃는다

비오는 날 주막에서

태양은 어디 갔을까
이글거리던 욕심을 순하게 다스려
철철 비로 내린 주막 취객들의
하루를 살펴볼까

누구든 나 이 기를 부정하고
한데 섞여 의리에 가장 적합한
말투를 흉내 내며 객기를 마시면
허물어진 사이로 정이 넘친다

고향 부근에서 몰고 나온 오래된
얘기를 부풀려 술술 공감하면서
내친김에 의형제까지
저들의 패기 좀 보소

아른거리는 술잔으로 용기는 더해지고
억지로 헤어졌던 이에게
대담하게 카톡을 날려보라고
으쌰 으샤 부추기면
한 사람 인생에 오점도 함께 찍은 셈이다

마음에 부당거래

계절 따라 방향을 바꾸는 시어처럼
문학회 언저리를 기웃대면서
정의나 기준 같은 것은 존재하겠지
바라고 원한 일이었제

아닌 건 아니라고 말해도 안 되는
불문율에 스르르 발을 담그고
이탈하면 모난 돌이라고
묵묵하면 둥글게 사는 것일까요

무명 시인

사랑이라는 명제를
평생 써먹어도 될
부여받은 특권처럼
사용하려 했지만 쭈뼛거려진다

아직은 뭇 시선에 당당하게
대답할 자신이 없었겠지

여자들

여자 1호가 젊은 날 모 예식장에서
파운데이션이 주름을 더 두드러지게 하던
어느 중년의 얼굴을 보고

첨부터 화장은 안 하는 게
좋겠단 생각으로 여태 분칠은 하지 않고 산다

시들어가는 꽃에 물을 주면 반짝거리듯
화장을 하면 더 아름답긴 하겠지만

나들이에 주름을 가리는 변수로
주름 스커트가 입을 만하더라 농담을 하면

아무나 입냐 몸매가 통통하면
주름 스커트가 몸이 더 부어 보인다면서
다양하게 감춰야 할 게 많은 여자 2호가 그걸 받아친다

콤팩트로 피부 톤을 매만지다 파운데이션
몇 호 바르냔 얘기를 하는 여자 3호

루즈만 바른다고 선크림도 밖에 나올 때나
겨우 바르는데 그것도 갑갑하다 하면

안 바르고 어찌 나가냐는 여자 3호가
비비라도 바르겠지 못 믿는 눈치를 하는 것으로
3호와는 그리 친분은 없다는 게 티 난다

식사가 나오자 배 때문에 고민이라던 여자들은
왜 이렇게 살이 찌는지 모르겠다며
여자 1호에게 살 안 쪄 좋겠다는 말을 덧붙인다

중년이 되면 호르몬 변화로
슬슬 귀찮고 배 나오는 일에는 예외 없어
여자 1호도 요새 배나오는 것은 체감중이라 말했고

게으르지 않아 유지하던 것도 이제는
중년에 호르몬 영향인 지
입대한 훈련병처럼 여자1호도
요샌 빡세게 운동중이라고 하면

어이그 약 올리냐며 혀를 끌끌 찬다

썩을 진실을 말하면 들어라 쫌
알려줘도 안 할 거면서 맨날 비결이 뭐냐고

아무튼 여자들은 기·승·전·다이어트 얘기하면서
맛집 점심시간엔 90프로가 여자 손님이다

흐르는 시간들

당신의 기억 속에서도 내가 오랫동안
그리움으로 남아 있다면 우리가
그때 사랑했던 까닭이겠지

이제 와 틈틈이 내게도 떠오른 기억
참 좋은 사람이었지 싶은 건
내가 못나게 굴었구나 싶어서지

지나는 바람결에 소식을 들었다든지
굳이 연락을 해 온다든지 한다면
나도 좋은 사람이었나 봐 할 테지

회상 신을 미화하고 써 보다가 다시
왈칵 보고 싶어 눈물이 난다면
지금 내가 갱년기구나 진단할 일이지

한 번 이별하면 두 번은 볼 수 없어야 해

왜 헤어진 건지 잊었다면 위험할 것 같아
어제의 당신은 나의 내일이 분명
될 수 없었거든

그때의 오만함

사랑 같은 건 쓸데없이
내 몸에 돋아난 발진
같은 거라고 생각했다

한 송이 붉은 장미를 행복하게
바라보다가
시들면 그만인 것이라고

가을바람이 헝클어버린 머리카락
손빗으로 한 올쯤
쓸어 올리면 되는 것이라고도
생각했다

영원히 끊임없이 이따금씩
피어오르는
그 흔적과 상처와
아픔이 지속적일 거라고

그때는 정말 몰랐었다

사랑할 때는 누구나 시인이 된다

언어로 빛이 나는 풍경을 쫓다가
그의 생각에 궁극의 허기를 느낀다
보고 싶었어 그 달콤한 속삭임 하나가
우리의 시가 되어 날아다녔지

마음속에 새겨 넣었어야 했어
시를 찾으러 다시 헤매는 일 없게
사랑을 보내면 안 되는 거였지

어둠이 처놓은 그물에 걸려든 별과 달들을 기분 따라
독하게 또는 화려하게 치장하기 시작한 것도
사랑과 이별을 경험한 후였겠지

그를 바라보고 있었을 동안엔
건조한 상관물에게도
말랑한 언어를 씌우며 기뻐했고
아름다운 생각만 하면서 시를 썼겠지

더듬이처럼 상상의 촉을 세우고
쉴 새 없이 의식을 일깨우다가
모든 언어가 시였을 적 그가 그립겠지

바보처럼

당신이 내 옆에 있다는 것이
왜 이렇게 좋은지에 대하여 말했다

관심 밖으로 밀려난 매화가
울음보를 터트리고 져버릴 만큼

오래 있고 싶어 했던 욕심이
당신에 슬픈 얼굴을 발견하지 못했다

당신이 내 옆에 꼭 있어야 한다고
화를 내지 않았다면 좋았을 걸 후회한다

비워내기

파장이 긴 속도를 유지한 이곳에서
추상적인 언어를 조립하고 깎아 본다
푸른 숨결이 내 혈관 속으로 더
헤쳐와도 당하고 싶어 단추를 풀었다

살아온 문장 부호들을 하나씩 꺼내
낡아 헤진 기억을 기우고 새로 채워야지
고개를 들어 숲 사이로
비춰든 햇빛 줄기를 쓸어 담는다

틀어진 관계들을 위해 애써야 할까
얽혀 든 관계들을 끊어내면 수월할까
다년간 반복된 일상들을 섣불리
정의 내리지 못해 그냥 사는 중이었다

숲에 바람이 소란 거리자
내 안에 담긴 그간의 일 다 털어낸
듯하여 그냥
풀었던 단추를 천천히 채웠다

등대 앞에서

먼 곳에서 부는 바람을 간파한
저 고독함 새벽부터 살피느라
어젯밤 그의 고단함은 환했기에
스스로 만족이겠지 합니다

휘몰아친 파도에 밤길 잃은 뱃머리의
안녕을 염려하느라 꼬박 새웠기에
멋지다고 말해줘야 겠지요

침묵하라 비우라 내려놓으라
한마디쯤 설파하고 먼저 가신
그분들의 경전처럼 붉은 위용의 그대를
마주하자 왜 이렇게 심장이 뛰던지요

어느 저녁 불시에 생긴 위험한
생사 하나 걸렸던 순간
한시도 게을리 하지 않는 그 묵묵함에
마음 주고 살았던 이런 생각 하면
다시 사는 일이 뜨거워져야
할 것 같습니다

혼신의 힘과 쿵쾅거린 심장으로
삶을 건너와도
여전히 갈 길 길게 남은 중년이기에
무엇을 보고 있든 이 평온에도
여러 가지 의미를 갖다 보태며
그냥 지나치질 못 합니다

심란한 외로움

국회는 연일 약점 잡아 축제를 하고
서울 강의 탁한 물이 아래로
흐를까 봐 염려 한 시민들은 불안하지

마스크가 최신식으로 나와
웬만한 거리는 대화가 없어
눈만 빠끔 내민 사람들이 수두룩하지

오로지 자신이 나라의 참 일꾼이라고
떠드는 무리가 그 무리를 헤집느라
긁히고 멍든 뉴스에 까끌까끌한 시민들
입맛은 알아서 하라 이건가

찬바람이 불면 그땐 외로워지죠 라며
어려서 흥얼거린 가요는 낭만적이었는데
우리는 어른이 되고 더 약해진 것 같아

현실에서 소외된 어른들이 많아
가볍게 노래로 흥얼거리지도 못해
모두 외롭다고 아우성인 세상이지